I0686484

NOTICE

SUR LES MAISONS DU PEINTRE

CHARLES LE BRUN

RUE DU CARDINAL-LEMOINE

(ANCIENNEMENT DES FOSSÉS-SAINT-VICTOR)

PAR

JULES HUBERT

RÉDACTEUR A LA PRÉFECTURE DE LA SEINE

PARIS

LIBRAIRIE LÉOPOLD CERF

13, RUE DE MÉDICIS, 13

—

1887

NOTICE

SUR LES MAISONS DU PEINTRE

CHARLES LE BRUN

RUE DU CARDINAL-LEMOINE

(ANCIENNEMENT DES FOSSÉS-SAINT-VICTOR)

VERSAILLES
IMPRIMERIE CERF ET FILS
59, RUE DUPLESSIS

NOTICE

SUR LES MAISONS DU PEINTRE

CHARLES LE BRUN

RUE DU CARDINAL-LEMOINE

(ANCIENNEMENT DES FOSSÉS–SAINT–VICTOR)

PAR

JULES HUBERT

RÉDACTEUR A LA PRÉFECTURE DE LA SEINE

PARIS

LIBRAIRIE LÉOPOLD CERF

13, RUE DE MÉDICIS, 13

—

1887

NOTICE

SUR LES MAISONS DU PEINTRE

CHARLES LE BRUN

Paris renferme un grand nombre de maisons historiques qui ont donné lieu à des recherches curieuses, à
des notices pleines d'intérêt et, parfois, d'érudition. Il ne
faudrait pas croire, cependant, qu'il ne reste rien à gla-
ner. Que de maisons, aujourd'hui peu ou point connues,
mériteraient de fixer les regards par le souvenir des per-
sonnages célèbres auxquels elles ont appartenu ou qui
y ont passé un moment quelconque de leur existence ! De
ce nombre il convient de citer l'*Hôtel Le Brun*, situé au
nº 49 de la rue du Cardinal-Lemoine, ancienne rue des
Fossés-Saint-Victor. Plusieurs historiens en ont parlé.
Dans un ouvrage intitulé : *Description de la ville de
Paris*[1], publié en 1718, Germain Brice en fait la description en ces termes :

« Rue des Fossés-Saint-Victor... En descendant, on
trouvera dans la même suite la maison de le Brun, auditeur des Comptes, neveu et héritier du fameux peintre
dont il porte le nom, bâtie avec beaucoup d'art et de
goût. C'est un corps d'édifice dont la figure est d'un

---

1. T. II, p. 183.

quarré oblong isolé, couronné d'un grand entablement dorique, d'une excellente invention, avec un fronton de chaque côté. Dans le tympan qui regarde la cour, on a mis les armes que le Roy a données à le Brun en l'ennoblissant. C'est une fleur de lys d'or en champ d'azur, et un soleil de même en chef, sur un champ de sable. Du côté du jardin, on voit une Immortalité qui tient un médaillon où ce grand maître est représenté. Toutes les sculptures de cette maison sont excellentes. On admire surtout les mascarons sous les consoles du grand balcon qui donne sur le jardin, de l'ouvrage de Flaman[1], sculpteur habile ; de même que les autres ornements, exécutés avec une très grande propreté. Les appartements de cette jolie maison sont distribués et tournés très régulièrement. L'architecte qui en a donné les dessins, nommé Boffrand[2] mérite les louanges et s'est acquis, par cet ouvrage de la réputation chez les gens délicats. Il y a un cabinet de tableaux qui appartient au propriétaire, dans lequel on verra des pièces excellentes, la plupart du fameux le Brun. »

Cette description se trouve reproduite, presque textuellement, dans le *Dictionnaire de Paris*[3] publié, un demi-siècle environ plus tard, en 1779, par Hurtaut et Magny : « On peut voir dans cette rue (des Fossés-Saint-Victor), au coin de la rue des Boulangers, un excellent édifice élevé sur les dessins de Boffrand, célèbre architecte, et dont toutes les sculptures sont du ciseau délicat de Flaman. Cette maison était celle de Le Brun, auditeur des Comptes, neveu et héritier du fameux peintre de ce nom. Elle est d'une forme carrée, etc... »

---

1. Anselme Flamen, né à Saint-Omer, en 1647, mort à Paris, le 15 mai 1717.
2. Germain Boffrand, né à Nantes, le 7 mai 1667, mort à Paris, le 18 mars 1754.
3. T. IV, p. 477.

Piganiol de la Force [1] n'oublie pas non plus de la mentionner : « La maison de Le Brun, neveu du grand peintre de ce nom, est dans la même rue, et bâtie avec beaucoup d'art et de goût. »

Autour du médaillon sculpté sur la façade de l'édifice, du côté du jardin, on peut lire encore aujourd'hui, l'inscription suivante : CAROLO LEBRUN, EQUITI, PRIMO REGIS PICTORI, ANNO MVIIC. Il va de soi, par conséquent, que l'hôtel construit par Boffrand, en 1700, à la mémoire de Le Brun, ne peut pas avoir été l'habitation du célèbre peintre, mort, comme on sait, le 12 février 1690. Mais n'aurait-il pas été édifié sur l'emplacement de son ancienne demeure? Le silence, sur ce point, des auteurs que nous venons de citer, et, particulièrement, de son contemporain Germain Brice, est de nature à jeter le doute dans l'esprit. Néanmoins, M. Lefeuve, dans son intéressant ouvrage sur les anciennes maisons de Paris [2], penche pour l'affirmative, et voici comment il s'exprime, à ce sujet :

« Une institution de jeunes gens occupe le n° 13 [3], auquel *nous nous plaisons à reconnaître pour ancien maître le peintre Lebrun*, enterré en 1690 à Saint-Nicolas du Chardonnet, église dont il était le paroissien. Plusieurs artistes de son école ont décoré l'ancien hôtel de Lebrun. On y revoit, du côté du jardin, le médaillon du maître, et des mascarons de Flaman, sous les consoles du grand balcon ; du côté de la cour, dans le tympan d'un fronton, un écusson gratté, où les armes de Lebrun étaient représentées : fleurs de lys d'or sur champ d'azur, soleil en chef sur champ de sable. Le péristyle de cette maison est d'un style assez imposant et conduit à un escalier à

1. T. V, p. 208.
2. T. V, p. 227.
3. C'est, en effet, le numéro de la rue des Fossés-Saint-Victor correspondant au n° 49 de la rue du Cardinal-Lemoine.

rampe de fer. *Boffrand en passe pour l'architecte : mais il n'y a sans doute présidé qu'à une grande réparation* pour Lebrun, auditeur des Comptes, neveu et héritier du peintre dont il honorait la mémoire avec une piété évidente. On venait admirer chez lui un riche cabinet de tableaux dus pour la plupart à son oncle. Des fenêtres de cette demeure dominant le Jardin du Roy [1], on jouissait d'une vue magnifique : elle a été reproduite, en 1787 par le chevalier de Lespinasse, dans un dessin qui se conserve au Louvre. »

Qu'y a-t-il de vrai dans l'assertion de M. Lefeuve, émise sous une forme, d'ailleurs dubitative? C'est ce qu'il nous a paru intéressant de rechercher.

En comparant l'état actuel des lieux, au plan ci-joint, extrait de l'atlas des maisons situées en la censive de l'ancienne abbaye de Saint-Victor, et levé en 1770-1774 [2], on voit, de suite, que l'immeuble rue du Cardinal-Lemoine n° 49, correspond aux maisons indiquées, sous les n°s 8 et 9 de la rue des Fossés-Saint-Victor, comme appartenant à M. Le Lièvre, maître de danse. Or, cet atlas a été dressé d'après les déclarations que les propriétaires ont faites à l'abbaye et qu'on nommait « titres nouvels » ; et il ressort de l'examen de ces documents [3] que non seulement l'immeuble, en question, provenait originairement du peintre Le Brun, mais aussi ceux qui figurent à ce plan, sous les n°s 10, 11, 12, 13 et 14 de la même rue et sous les n°s 1 et 3 de la rue des Boulangers. Nous avons résumé ces déclarations dans les tableaux suivants :

1. Le jardin des plantes.
2. Archives Nationales, N⁴ Seine n° 5.
3. Archives Nationales, S. 2133 ᴬ.

PREMIER TABLEAU.

Maisons rue des Fossés-Saint-Victor, n°s 8 et 9 du plan.

NOMS ET QUALITÉS DES PROPRIÉTAIRES.	TITRES EN VERTU DESQUELS ILS POSSÈDENT.
I	
Nicolas Mammès Le Lièvre, académicien, pensionnaire du Roi, et Catherine Chabrière, sa femme.	Acquéreurs par contrat passé devant Me Théresse et son confrère, notaires à Paris, le 17 septembre 1765, avec le s^r de Vaubercy et consorts.
II	
Pierre Joseph Huot, écuyer, sieur de Vaubercy, chevalier de l'ordre royal et militaire de Saint Louis, ancien gouverneur d'Autun ; Jean Louis Giroult, sieur de Laferette, conseiller du Roi, lieutenant civil au bailliage de Breteuil ; Dame Louise Gabrielle Didier, veuve de messire Raphaël Gaultier, docteur en médecine ; D^elle Marie Antoinette Didier, fille majeure.	Tous les quatre, conjointement, propriétaires : Le sieur de Vaubercy, comme légataire universel de d^elle Elisabeth Claude Seron, fille majeure, suivant son testament reçu par Fournier, notaire à Paris, le 4 septembre 1764 ; Melle Seron, M. de Laférette, Mme Gaultier et Melle Didier, héritiers chacun pour un quart de M. l'abbé Seron, leur cousin germain.
III	
Mre Guillaume Louis Seron, prêtre, docteur en droit de la Faculté de Paris.	Propriétaire en qualité de seul héritier de d^elle Elisabeth Louise Claude Seron, sa nièce.
IV	
D^elle Elisabeth Louise Claude Seron, fille majeure.	Seule héritière de André Joseph Seron, son père, de la

NOMS ET QUALITÉS DES PROPRIÉTAIRES.	TITRES EN VERTU DESQUELS ILS POSSÈDENT.
	succession duquel dépendait la totalité desdites maisons, au moyen de la renonciation à la communauté faite par Charlotte Françoise Boullenois, sa veuve, suivant acte passé devant Me Miller, notaire à Paris, le premier juillet 1758.

V

André Joseph Seron, docteur-régent de la Faculté de médecine de l'Université de Paris.	Adjudicataire par sentence du Châtelet de Paris, en date du 30 juin 1756[1] (sous le nom de Me Le Roy, son procureur, qui lui en a passé déclaration de command, le 2 juillet suivant), sur la licitation poursuivie entre les héritiers et représentants de M. Charles Le Brun, auditeur des comptes.

VI

Jacques Jannelle, ancien lieutenant des maréchaux de France, et Jeanne Charlotte Le Brun, sa femme ; Marie Louise Le Brun, veuve de Jean François Le Dot du Chevron ; Messire Claude Pierre Pourcheresse de Vertières, président en la Chambre des comptes de Franche-Comté, et Marie Louise Le Brun, sa femme, par représentation de feu Jean Le Brun de Saint-Vallery, ancien prévôt de l'Ile de France, père de la dame de Vertières. La succession vacante du feu sieur Le Brun Deportes, représentée par Gabriel Quesnel, curateur à ladite succession, et par	Propriétaires, indivisément, en qualité de seuls héritiers, représentants et ayant-droit de M. Charles Le Brun, susnommé, leur oncle et grand-oncle ; et, en outre, comme appelés à recueillir le bénéfice de la substitution faite, à leur profit, par Charles Le Brun, premier peintre du Roi, pour les biens provenant de sa succession.

1. Archives nationales, Y. 2829, 2313.

NOMS ET QUALITÉS DES PROPRIÉTAIRES.	TITRES EN VERTU DESQUELS ILS POSSÈDENT.
messire Jean Baptiste Armand, comte de Chateauvieux, et Angélique Labour, sa femme, veuve en premières noces dudit feu sieur Le Brun Deportes.	

VII

Charles Le Brun, conseiller du Roi, auditeur ordinaire en sa Chambre des Comptes.	Légataire universel dudit feu sieur Le Brun, son oncle, aux termes de son testament reçu par Me Torinon et son confrère, notaires à Paris, le sept février 1690, contenant substitution en faveur de ses enfants. L'exécution de ce testament a été consentie et ordonnée par sentence des Requêtes du Palais, du 19 janvier 1691. Les maisons sus-désignées lui sont échues par le partage fait, avec Mme veuve Le Brun, sa tante, le 31 mars 1694, devant Mes Caillet et Thibert, notaires à Paris [1].

1. Voir ci-après, p. 43.

DEUXIÈME TABLEAU.

*Maisons rue des Fossés-Saint-Victor, n*os *10, 11, 12 et 13*
du plan.

NOMS ET QUALITÉS DES PROPRIÉTAIRES.	TITRES EN VERTU DESQUELS ILS POSSÈDENT.
I	
Louis Jean Charles Boullenois, conseiller du Roi, correcteur en sa chambre des comptes; Claude Adrien Marguerite Boullenois, avocat au Parlement de Paris.	Héritiers, chacun pour moitié, de Mme veuve Seron, leur sœur. Les maisons sus-désignées étaient restées indivises entre eux, lors du partage qu'ils avaient fait des biens dépendant de la succession de ladite dame, par acte passé devant Me Miller et son confrère, notaires à Paris, le 21 octobre 1765.
II	
Louise Charlotte Françoise Boullenois, veuve de André Joseph Seron, docteur régent de la Faculté de médecine de l'Université de Paris.	Héritière, conjointement avec les sieurs Boullenois, ses frères, susnommés, et chacun pour un tiers, des sieur et dame Boullenois, leurs père et mère. La propriété des susdites maisons a été attribuée à la dame Seron, par un acte de partage passé devant ledit Me Miller et son collègue, le 30 mai 1763.
III	
Louis Boullenois, ancien avocat au Parlement, et Charlotte Dubois, sa femme.	Acquéreurs, par contrat passé devant Me Meny et son collègue, notaires à Paris, le 26 décembre 1742, avec les consorts Martinot.

NOMS ET QUALITÉS DES PROPRIÉTAIRES.	TITRES EN VERTU DESQUELS ILS POSSÈDENT.

IV

Claude Martinot, écuyer, valet de chambre, horloger du Roi, et Marie Jeanne Madeleine Richer sa femme ;

Henriette Elisabeth Martinot, fille majeure.

Les sieur et d^{lle} Martinot, frère et sœur, seuls héritiers, chacun pour moitié, de madame veuve Michelin, leur tante.

V

Catherine Françoise Girardon, veuve de Edmond Michelin, conseiller du Roi au bailliage et siège présidial de Troyes.

Acquéreur suivant contrat reçu par Me Michelin et son confrère, notaires à Paris, le 12 mars 1737, en conséquence de l'adjudication prononcée au profit de ladite dame, le 14 janvier précédent, en l'assemblée des créanciers, syndic et Directeurs des droits des autres créanciers des successions Verdier.

VI

Les créanciers des successions Verdier.

Abandon fait en faveur desdits créanciers, par les héritiers des sieur et dame Verdier, des biens qui composaient leurs successions ; et partage entre les créanciers et Mme de Saint-Léger, devant Me Sébastien Paul Delafosse, conseiller du Roi, commissaire au Châtelet de Paris, en date du 16 juin 1731 et jours suivants.

VII

Les héritiers des sieur et dame Verdier ;

Geneviève Tuby, veuve de Jean Adrien Malaissé, écuyer, sieur

Propriétaires, indivisément entre eux, savoir :

1° Les héritiers de Mme Verdier pour moitié, ainsi que l'a

NOMS ET QUALITÉS DES PROPRIÉTAIRES.	TITRES EN VERTU DESQUELS ILS POSSÈDENT.
de Saint-Léger, mousquetaire du Roy.	reconnu une sentence du Châtelet du 10 décembre 1728 [1], confirmée par arrêt du Parlement, du 22 février 1729, sur l'appel de la dame de Saint-Léger [2]; 2° Les héritiers de la communauté des sieur et dame Verdier, pour un quart ; Et 3° Mme de Saint-Léger, pour le dernier quart, ainsi qu'on va l'expliquer.

VIII

François Verdier, peintre ordinaire du Roi et de son Académie, et Antoinette Butay, sa femme ; Mme de Saint-Léger, sus-nommée.	Propriétaires, indivisément entre eux, dans les proportions suivantes : Mme Verdier pour moitié, comme légataire universelle, conjointement avec Mme Minot, sa sœur, ci-après nommée, de Mme Charles Le Brun, née Butay, leur tante, aux termes de son testament fait en la forme olographe, le 13 septembre 1696, et déposé au rang des minutes de Me Torinon, notaire, le 26 juin 1699 ; Mme de Saint-Léger, pour un quart, par représentation de Suzanne Butay, sa mère, femme de Jacques Minot, docteur en médecine, et médecin ordinaire de M. le Duc [3], veuve en premières noces de Jean Baptiste Tuby, sculpteur ordinaire des bâtiments du Roi. Mme Minot, sœur de Mme Verdier, et, comme elle, léga-

1. Archives nationales, Y. 992.
2. Archives nationales, X. 7183 f°
237 verso.
3. Louis de Bourbon, fils du Grand Condé.

NOMS ET QUALITÉS DES PROPRIÉTAIRES.	TITRES EN VERTU DESQUELS ILS POSSÈDENT.
	taire universelle de Mme Le Brun, aux termes du même testament, morte en laissant deux filles, nées de son premier mariage : Mme de Saint-Léger et Suzanne Tuby, femme de Henri Monnier, sieur des Noyers, ancien capitaine au régiment de Santerre. Enfin, le dernier quart en la totalité des maisons sus-désignées, revenait à la dame des Noyers, par représentation de sa mère, et appartenait aux sieur et dame Verdier qui s'en étaient rendus adjudicataires, par sentence du Châtelet du 22 juin 1720 [1].

IX

Suzanne Butay, veuve de Charles Le Brun, chevalier, seigneur de Thionville, premier peintre du Roi, Directeur des manufactures royales.	Acte de transaction et partage passé entre ladite dame et M. Le Brun, auditeur des Comptes, le 31 mars 1694 devant Mes Caillet et Thibert, notaires à Paris [2].

1. Archives nationales, Y, 3126.
2. Voir ci-après, p. 43.

TROISIÈME TABLEAU.

Maison rue des Fossés-Saint-Victor, n° 14 du plan.

NOMS ET QUALITÉS DES PROPRIÉTAIRES.	TITRES EN VERTU DESQUELS ILS POSSÈDENT.
I	
Jean Baptiste le Picard de Chaumont, chevalier de l'ordre du Christ de Portugal.	Acquéreur par contrat passé avec Mlle de Saint-Léger, devant Me Dulion et son confrère, notaires à Paris, le 19 février 1750.
II	
Françoise Charlotte Malaissé de Saint-Léger, fille majeure.	Seule et unique héritière de Mme de Saint-Léger, sa mère, comme le constate l'intitulé de l'inventaire dressé après le décès de ladite dame par Me Deshayes, notaire à Paris, le 12 février 1744.
III	
Geneviève Tuby, veuve de Jean Adrien Malaissé, écuyer, sieur de Saint-Léger, mousquetaire du Roi.	Propriétaire de la maison ci-dessus désignée, au moyen du partage fait entre elle et les créanciers des successions Verdier, le 16 juin 1731 et jours suivants.

(Pour l'origine antérieure de cette maison, se reporter au tableau précédent, § VII, VIII et IX.)

QUATRIÈME TABLEAU.

Maisons rue des Boulangers, nᵒˢ 1 et 3 du plan.

NOMS ET QUALITÉS DES PROPRIÉTAIRES.	TITRES EN VERTU DESQUELS ILS POSSÈDENT.
I	
Anne Françoise Reynaud, femme de messire Anne Ange Gabriel de Beaufort, chevalier, conseiller du Roi en ses conseils, Président honoraire en la Cour des Monnaies.	Propriétaire des maisons susdésignées en qualité de seule héritière de M. Reynaud, son père.
II	
Origine particulière de la maison rue des Boulangers nᵒ 1.	
Louis Marie Reynaud.	Propriétaire en vertu de l'adjudication faite à Mᵉ Letourneau, procureur au Châtelet, le 24 mai 1736, et des déclarations de command par Mᵉ Letourneau au profit de Mᵉ Lecointre, et par Mᵉ Lecointre au profit du sieur Reynaud. Ladite adjudication prononcée en l'étude de Mᵉ Michelin, notaire, à la requête des créanciers des successions Verdier.

(*Pour l'origine antérieure de cette maison, se reporter au deuxième tableau, § VI, VII, VIII et IX.*)

Origine particulière de la maison rue des Boulangers nᵒ 3.	
Louis Marie Reynaud.	Propriétaire de ladite maison comme l'ayant fait construire à neuf, sur l'emplacement d'une masure, par lui acquise des sieur et dame Verdier et autres représentants de Suzanne Butay, veuve de Charles Le Brun, premier peintre du Roi, par contrat du 10 juin 1727, passé devant Doyen l'aîné et son confrère, notaires à Paris.

(*Pour l'origine antérieure de cette maison, se reporter également au deuxième tableau, § VIII et IX.*)

Quant à l'immeuble de la rue des Boulangers, le deuxième en entrant par la rue des Fossés-Saint-Victor, entouré de tous côtés par les propriétés de Le Brun, sa situation toute particulière semblerait indiquer une communauté d'origine. Il ne lui a, pourtant, jamais appartenu. M. Reynaud en avait fait l'acquisition, par contrat du 8 juin 1720, devant M⁰ Remy, notaire, de Mᵐᵉ Claude Baudran, née Jeanne de Bourges; il provenait de MM. de Bourges, père et oncles de la dite dame [1].

Échue à Madeleine Chappelet, veuve du sieur de Bourges, et à ses enfants, suivant acte reçu par Mᵉˢ Levasseur et Moufle, notaires à Paris, le 8 juillet 1650, contenant le partage des biens qui dépendaient de la succession de François Saulnier, conseiller au Parlement, cette maison était, depuis longtemps, dans le patrimoine de la même famille; car on voit Nicolas Saulnier, marchand apothicaire, épicier, bourgeois de Paris, en passer titre nouvel, le 10 février 1572, au terrier de l'abbaye de Saint-Victor [2]. Elle portait, alors, pour enseigne *Le chien que on bat devant le lyon*, enseigne qui se transforma, plus tard, en celle *du chien qui bat le lyon* [3].

Sans l'enclave que cette maison faisait dans les propriétés du peintre Le Brun, celles-ci auraient donc formé un quadrilatère presque régulier, d'une étendue considérable. Par suite, la question n'est pas seulement de savoir si Le Brun a demeuré dans la rue des Fossés-Saint-Victor; la difficulté se complique par le nombre des maisons qu'il y possédait. Il faudra, aussi, préciser l'emplacement de celle qu'il habitait.

L'acte de transaction et partage passé entre sa veuve et son neveu, le 31 mars 1694 [4] ne donne, sur ce point,

1. Archives Nationales, S. 2172².
2. Archives Nationales, S. 2162.
3. Archives Nationales, S. 2172³.
4. Voir ci-après, p. 43.

.que ce qu'on peut appeler un commencement de preuve. On y voit, en effet, comprise dans le premier lot, qui est échu à Mme Le Brun, « la maison *occupée par ladite dame* » *Le Brun*, estimée onze mille livres » et dans le deuxième .lot, échu à M. Le Brun, auditeur des comptes, « une » petite maison sise rue des Fossés-Saint-Victor, *au des-* » *sous de celle où loge la dame Le Brun*, estimée huit » mille cinq cents livres; » et « une maison à porte » cochère, au-dessous de la précédente, estimée dix-sept » mille cinq cents livres. »

En 1694, Mme Le Brun habitait, par conséquent, non pas la maison que Boffrand, au dire de M. Lefeuve, aurait simplement restaurée, mais une maison contiguë, située au-dessus, c'est-à-dire le n° 10 du plan de la cen- sive de Saint-Victor. Quant à Le Brun, un fait certain, c'est qu'il est décédé à l'hôtel des Gobelins, dont il était directeur et où il avait son logement. Son testament, daté du 7 février 1690, cinq jours avant sa mort, ne laisse aucun doute sur ce point [1]. On peut, cependant, présu- mer que, devenue veuve, sa femme a dû se retirer, de préférence, dans la maison qui lui rappelait le plus de

1. Cette assertion est confirmée par Lépicié, *Vies des premiers peintres du Roi*, Paris, 1752. Bibliothèque nationale, L. n^{lo} n° 80.
Cependant d'après M. Théophile Lavallée (*Histoire de Paris*) Le Brun serait mort dans une maison qu'il avait fait bâtir rue des Fossés-Saint-Victor. Le même auteur ajoute que Buffon habitait au n° 13. Nous n'avons pas pu vérifier l'exactitude de ce renseignement. Dans un contrat du 23 mars 1771 (Archives Nationales q^1 1357), Buf- fon est bien déclaré domicilié rue des Fossés-Saint-Victor, mais l'emplacement n'est pas précisé. Il ne l'est pas davantage dans les extraits suivants de sa correspondance :
« Ma femme est à Paris, depuis cinq semaines, où elle arrange notre nouveau logement, rue des Fossés-Saint-Victor » 17 janvier 1767 (Lettre 88, au Président de Brosses, p. 106 1er vol. de la Cor- respondance inédite publiée par M. Nadault de Buffon).
« J'habite, actuellement, une assez belle maison rue des Fossés- Saint-Victor, à mille pas de distance du Jardin du Roi, ce qui me donne la facilité d'y aller de pied pour y donner mes ordres » 13 février 1767 (Lettre 89, au Président de Rufley, p. 107, *ut supra*). Le loyer était payé par le contrôle général.

souvenirs, celle qui avait, sans doute, abrité les pre-
mières années de leur mariage, les plus belles, peut-être,
de leur existence [1]. Toutefois, ce n'est là qu'une considé-
ration morale, une simple présomption et nous cherchons
une certitude.

C'est dans une déclaration passée au terrier de l'abbaye
de Saint-Victor, le 30 octobre 1772 [2], par Mme veuve
Ramet de Goinville, propriétaire de l'immeuble qui
porte les n°s 6 et 7 du plan de la censive, dans la rue des
Fossés, qu'on trouve la première mention d'une acquisition faite par Le Brun. Cette déclaration porte, en effet,
ce qui suit :

« ...ladite maison et dépendances chargées de 33 sols
» 4 deniers de cens, payables au jour et fête de Saint-
» Remy, de chacune année... Se réservant, néanmoins,
» ladite demoiselle Ramet de Goinville de faire valoir
» *contre les héritiers et représentants le sieur Lebrun*
» *l'obligation qu'il a contractée par la vente qui lui a été*
» *faite devant d'Orléans et son confrère, notaires à Pa-*
» *ris, le 19 janvier 1651, d'une maison au-dessus de celle*
» *ci-devant désignée,* d'acquitter ladite maison rue des
» Fossés-Saint-Victor, du cens dont elle pourrait être
» tenue. »

Or, par le contrat du 19 janvier 1651, Léonard Philippes, marchand de bois, bourgeois de Paris, et Catherine Guéret, sa femme, vendent à « noble homme Charles
Le Brun, peintre et vallet de chambre ordinaire du Roy,
demeurant à Paris, rue Neufve et paroisse de Sainct-Paul,
le fonds et propriété d'une maison scize au faulxbourg de
Sainct-Victor, sur le fossé d'entre les portes de Saint-
Marcel et de Saint-Victor, consistant en cave, salle,

1. Le Brun mourut, parait-il, de chagrin et de jalousie, lorsqu'il
vit la faveur du roi se porter sur Mignard.
2. Archives Nationales, S 2133 ".

cuisine, chambre, antichambre, grenier au-dessus, le tout couvert d'ardoize, appenty, puys moytoien, jardin, aysances et appartenances d'icelle maison... tenant, d'une part, à Guillaume Sallé, d'aultre part audit Philippes, par derrière audit Sallé et par devant sur ledit fossé ». La vente avait lieu à la charge de cinquante sols tournois de cens et rente envers l'abbaye de Saint-Victor, et en outre, moyennant le prix principal de sept mille livres.

Tout concourt à prouver que l'objet de cette vente est, non pas la propriété échue au neveu du peintre par le partage de 1694, mais la maison contiguë où nous avons vu que sa veuve habitait alors :

1° Dans la déclaration de Mre de Goinville on dit bien qu'il s'agit d'une maison *au dessus* de celle de cette dame, mais on ne dit pas qu'elle y soit *joignante* ou *contiguë* ;

2° En outre, et bien que la superficie ne soit pas indiquée, la modicité du prix ne permet pas de l'appliquer à un immeuble aussi important que celui échu au neveu de Le Brun, estimé, en totalité, en 1694, la somme de vingt-six mille livres, et mesurant 567 toises 18 pieds, soit 2155 mètres 75 centièmes ;

3° Plusieurs documents démontrent que ce n'est pas « l'Hôtel Le Brun » mais l'immeuble à côté, qui était tenu d'acquitter les cinquante sols de cens dû à l'abbaye de Saint-Victor :

C'est, d'abord, une sentence du Châtelet, du 4 juillet 1713 [1] qui condamne M. Le Brun, auditeur des Comptes, à payer 33 sols 4 deniers de cens, faisant les deux tiers de ces cinquante sols, pour sa propriété de la rue des Fossés ; et M. Verdier propriétaire de la maison contiguë (celle où demeurait Mme Le Brun, en 1694), *à acquitter, garantir et indemniser M. Le Brun de cette condamnation.*

1. Archives nationales, S. 2162 ; Y. 2627.

Puis, un état, de l'année 1712, relatif aux cens et rentes dus à l'Abbaye sur plusieurs maisons situées en différentes rues de Paris, et dont nous extrayons ce passage :

« Fossés entre les portes Saint Victor et Saint-Marcel... 5° Mlle d'Orléans [1] possède une maison qui, avec trois autres que possède M. Le Brun et qui appartenaient à Léonard Philippes et aux D^lles Verton et Gerbes, devaient deux livres dix sols par an. C'est Messieurs Le Brun et Verdier qui paient les cinquante sols.

» 6° M. Le Brun, *pour deux desdites maisons* [2], doit seulement desdits cinquante sols, une livre treize sols quatre deniers ; M. Verdier paie le reste, suivant leurs accommodements de famille [3] ».

Ces *accommodements de famille* expliquent pourquoi la sentence de 1713 condamnait M. Le Brun au paiement de 33 sols 4 deniers de cens, malgré le contrat du 19 janvier 1651, qui mettait tout le cens à la charge de la maison contiguë ; et pourquoi M. Verdier était condamné, par la même sentence à acquitter, garantir et indemniser M. Le Brun. C'est une preuve évidente que l'acquisition du 19 janvier 1651 s'applique bien à l'immeuble n° 10 du plan de la censive de Saint-Victor, sur la rue des Fossés.

Ce point était essentiel à établir, ainsi qu'on le verra tout à l'heure, pour la solution cherchée.

Le Brun acquit la maison au dessus de la précédente par contrat du 3 février 1657, passé devant M° d'Orléans et son confrère, notaires à Paris. Il est, dans cet acte, déclaré domicilié « ès-faubourg Saint Victor, sur le fossé, en la paroisse Saint Nicolas du Chardonnet ».

L'immeuble appartenait indivisément à :

1. L'un des auteurs de Mme Ramel de Goinville. Les n°s 6 et 7 du plan ne formaient, alors, qu'une maison.
2. N°s 8 et 9 du plan.
3. Comme propriétaire de la maison n° 10.

1° Marguerite Martin, veuve de M. Guillaume Sallé, en son vivant contrôleur pour le Roi, à l'entrée des vins au port de la Tournelle ;

2° Honorable homme Antoine de Montqueron, bourgeois de Paris ;

3° Barbe de Montqueron, femme de Jacques Martin.

4° Jeanne de Montqueron, veuve de Robert Duhamel.

Et 5° Perrine de Montqueron, femme de Nicolas Fuzellier ;

Antoine, Jeanne, Barbe et Perrine de Montqueron, frère et sœurs, héritiers chacun pour un quart du sieur Sallé, leur oncle.

Cette propriété consistait en « une maison, cour, jardin et lieux.. , tenant d'une part aux sieur et d^{elle} Le Brun et aux filles de la communauté de Saint-Nicolas [1] ; d'autre part, au jeu de paulme appelé *la Fleur de lys* et à M. de Bourges ; par derrière, au sieur de Vernimont, et pardevant, sur ledit fossé ».

En contre échange, Le Brun et sa femme cédaient aux consorts Sallé deux cents livres de rente à eux dues par Robert Bustaye, peintre ordinaire du Roi et Marguerite Legrain, sa femme, en vertu d'un contrat passé devant Mes Béchet et Lévesque, notaires, le 28 juillet 1647 [2] ; ils s'obligeaient, en outre, à payer une soulte de 2,500 livres.

La troisième maison acquise par Le Brun était encore plus haut dans la rue des Fossés-Saint-Victor. Le contrat d'échange, du 3 février 1657, qui vient d'être analysé, rappelle que le 16 novembre 1642, Charles et Jean Dagnais, auteurs du sieur Sallé, en vendant à celui-ci l'im-

---

1. Il résulte de cette désignation que cette seconde maison avait plus de profondeur que la précédente, et que le sieur Philippe à cette époque avait vendu à la communauté de Saint-Nicolas, le surplus de sa propriété, c'est-à-dire les n°s 8 et 9 du plan.

2. Contrat de mariage de Le Brun et de Suzanne Butay.

meuble en question, lui délaissaient, en outre, « le droit
qu'ils avaient en une petite cour qui leur servait ci-
devant de passage pour entrer au jeu de paulme de la
Fleur de lys [1] », et le contrat de 1657 stipule ce même
droit au profit de Le Brun. Or, c'est ce jeu de paume et
les immeubles dont il dépendait, que Le Brun acquit, au
prix de 12,000 livres tournois, suivant contrat reçu par
Mᵉ d'Orléans et son confrère, le 5 février 1664. Déjà, à
cette époque, il ne demeurait plus rue des Fossés-Saint-
Victor, mais « ès faulxbourg Saint-Marcel, Grande-Rue,
paroisse Saint-Hippolyte ». Les vendeurs étaient Simon
Drouyn, écuyer, sieur d'Aubigny, gentilhomme ordinaire
de la maison du Roi et Catherine Richer sa femme, qui
avaient fait l'acquisition de ces mêmes immeubles, par
contrat d'échange passé devant Corrozet et Choiseau,
notaires à Paris, le 19 août 1657, avec Jean Danet [2], avo-
cat au Parlement, et Charles Danet, son frère, docteur en
médecine.

Le contrat du 5 février 1664 donne de la propriété
acquise par Le Brun la désignation suivante:

« Un corps de logis scis fauxbourg Saint-Victor, sur
le fossé d'entre les portes Saint-Marcel et Saint-Victor,
où pend pour enseigne *La Fleur de lys*, consistant en
cave, sallette, allée, boutique à costé, au-dessus une
chambre, antichambre, et cheminée au premier estage,
les autres estages suivants, comme ceux cy-dessus, et pe-
tit grenier ; le tout couvert de tuilles. Item, un jeu de
paulme couvert de tuilles. Item, au derrière d'iceluy, un
autre corps de logis consistant par bas en une salle, une

---

1. Anciennement, jeu de paume *Sainte-Barbe* (voir la déclaration
du 10 février 1572, ci-dessus relatée, p. 18. La maison de Nicolas
Saulnier, rue des Boulangers, y est désignée comme aboutissant par
derrière à *l'hostel du jeu de paulme Sainte-Barbe*).
2. Dans le contrat du 3 février 1657, précité, les sieurs Danet sont
nommés Dagnais. Ces différences dans l'orthographe des noms étaient
assez fréquentes, à cette époque.

grande chambre lambrissée au-dessus, aussi couvert de
tuilles ; court à costé, close de murs, aysances en ladite
court. Les dictz deux corps de logis et jeu de paulme se
tenans l'un à l'autre, ainsy qu'ils se poursuivent et com-
portent de fond en comble, sans en rien réserver. Tenant
la totalité desdictz lieux, d'une part, aux héritiers de feu
M. Dumonceau, d'autre part et par derrière, audit sieur
Le Brun, et pardevant sur ledit fossé[1]. »

Quant à la maison située au-dessus de la précédente et
dont l'entrée se trouvait rue des Boulangers, nous en
trouvons l'origine, en la personne de Le Brun, dans un
titre nouvel passé au terrier royal, le 11 septembre 1702,
par le sieur Verdier et consorts, pour un terrain situé en
face, c'est-à-dire de l'autre côté de la rue des Fossés[2].
C'est seulement le 24 juin 1686, que dame Denise du
Monceau, veuve de M. Louis de Louvières, chevalier,
seigneur de Maurevert, capitaine aux gardes, bailly et
gouverneur des ville et château de Melun, etc., vendit
au prix de cinq mille livres, suivant contrat reçu par
Mes Aumont et Torinon, notaires, à M. Philippe Quinault, conseiller du Roy, auditeur ordinaire en sa
Chambre des Comptes, qui, le même jour, en passa déclaration de command au profit de Le Brun, un immeuble
ainsi désigné audit contrat :

« Une maison, cour et lieux en dépendant, et jardin
derrière, situés faubourg Saint-Victor, rue des Boulangers, regardant le fossé Saint-Victor, que l'on comble à
présent. Tenant d'une part, à M. Le Brun, par derrière
à... et par devant sur ladite rue et faisant l'encoignure
d'icelle ; ainsi qu'elle se poursuit et comporte et en l'estat
qu'elle est de présent, caduque et qu'il convient rebastir,

1. Voir le Décret volontaire du 30 décembre 1665. Archives Nationales, Y. 3077.
2. Archives Nationales, Q1 1099[21].

à cause du rabaissement qui se fait des terres pour l'arrazement dudit fossé Saint-Victor. »

Le contrat stipulait, en outre, que l'indemnité à allouer par le Roi ou par la ville de Paris, à cause des travaux à faire à ladite maison par suite « dudit abaissement des terres et arrazement dudit fossé » appartiendrait à l'acquéreur. Cette indemnité fut fixée en nature ; la ville alloua à Le Brun un terrain de 54 toises et demie, 6 pieds, ou environ, sur la contrescarpe du fossé, juste en face de la rue des Boulangers. C'est ce terrain, estimé deux mille livres dans le partage de 1694, pour lequel les consorts Verdier ont fait la déclaration dont on a parlé plus haut, du 11 septembre 1702.

Nous savons donc la date des acquisitions faites, par Le Brun, dans la rue des Fossés-Saint-Victor, moins celle des deux maisons échues à son neveu par le partage précité du 31 mars 1694, et dont la réunion forme l'*Hôtel Le Brun* qui passe, généralement, pour avoir été la demeure du peintre.

A quelle époque se place cette acquisition ? C'est ce qu'aucun titre ne nous a révélé, d'une façon précise.

Les papiers de l'abbaye de Saint-Victor comprennent, il est vrai, un registre des ensaisinements commencé en 1546 et fini en 1787[1] ; malheureusement, ce registre renferme de nombreuses lacunes et l'on n'y voit trace d'aucune des acquisitions faites par Le Brun dans la censive de l'abbaye.

Un état de répartition de la ville et des faubourgs de Paris, en seize quartiers, au 1er janvier 1684[2], nous apprend, au contraire, que cet immeuble appartenait, alors, à Mme de Miramion. Or, nous avons déjà vu[3]

1. Archives Nationales, S. 2173.
2. Bibliothèque Nationale, manuscrits français, 2 vol. in-fol. n° 8603.
3. Voir ci-dessus, p. 23.

qu'une communauté dite des *Filles de Saint-Nicolas*
occupait, dans la rue des Fossés-Saint-Victor, une maison
contiguë, d'un côté, à celle que Le Brun acquit, le 3 février 1657. Malgré la différence des titres, nous sommes
porté à croire que c'était là le berceau des *Miramiones*
ou *Filles de Sainte-Geneviève*. Car, d'une part, il n'a
jamais existé, à Paris, de communauté de filles sous le
patronage de saint Nicolas; et l'on sait, d'autre part,
qu'avant de venir s'installer, définitivement, sur le quai
de la Tournelle [1] qui porta, quelque temps, leur nom, les
Miramiones formaient deux petites communautés sécu-
lières distinctes : l'une, fondée en 1661, par Mme de
Beauharnois de Miramion, sous le titre de la Sainte-
Famille, occupait une maison dans la rue Saint-Antoine ;
l'autre, fondée beaucoup plus tôt, en l'année 1636, par
Mlle du Blosset, sous le nom de *Filles de Sainte-Geneviève*,
était établie « rue des Fossés-Saint-Victor, *auprès du coin
de celle des Boulangers*, paroisse de Saint-Nicolas du
Chardonnet ». C'est, apparemment, cette communauté
qu'a voulu désigner le notaire dans le contrat du 3 février 1657. Quant à Mme de Miramion dont le nom figure
sur l'état de répartition de 1684, les documents nous font
défaut pour dire si l'immeuble faisait partie de sa fortune
privée, ou s'il appartenait à la communauté dont elle
était directrice. C'est d'ailleurs, une question dont nous
n'avons pas à nous occuper ici. Le point important est de
savoir qu'à cette époque Le Brun n'en était pas encore
devenu propriétaire. Or, ce fait est certain, indubitable :
et en voici, du reste, une preuve à l'appui.

Le 17 avril 1685, parut un arrêt du Conseil d'Etat qui
ordonnait de « baisser le pavé estant le long de la rue du
Fossé-Saint-Victor, dont le terrain se trouvait très élevé

---

1. L'immeuble est occupé, actuellement, par la Pharmacie cen-
trale des Hôpitaux civils.

et très incommode, les carosses et charroys n'y pouvant
monter qu'avec beaucoup de peine [1] » ; arrêt confirmé et
approuvé par des lettres patentes de juillet 1686, enre-
gistrées au Parlement le 2 août suivant [2]. Le nivellement
était d'autant plus aisé à effectuer que les terres et décom-
bres provenant du rabaissement du terrain servaient à
combler le fossé. Les maisons en bordure devaient, naturellement, subir des modifications. Pour indemniser les
propriétaires de la dépense que ces travaux leur occasion-
naient, la Ville leur cédait, le plus souvent, la propriété
des terrains à bâtir situés, au droit desdites maisons,
sur la contrescarpe du fossé qu'on était en train de combler. C'est ainsi, nous l'avons vu [3], qu'elle abandonna
à Le Brun un terrain de 54 toises, pour le dédomma-
gement qui lui était dû comme propriétaire de la maison qui faisait l'angle de la rue des Boulangers. Toutefois, cette manière de procéder ne put être employée,
quant à ses autres immeubles ; car, bien avant qu'il fût
question du nivellement, la ville s'était dessaisie des
places situées à l'opposite des maisons du peintre, en
faveur d'autres particuliers. Aussi l'administration et Le
Brun ne purent-ils point tomber d'accord. Le Brun exi-
geait une indemnité pécuniaire ; il réclamait trente mille
livres, la ville lui offrit, d'abord, quatre mille livres et
éleva cette somme jusqu'à six mille. Le peintre adressa, à
ce sujet, un placet au Roi. Le prévôt des marchands y
répondit en expliquant qu'à l'époque où le nivellement
fut ordonné, Le Brun ne possédait qu'une maison et un
jeu de paume ; qu'il avait acquis, *postérieurement*, une
maison, *au dessous*, *joignant la sienne*, et une masure,
au dessus, pour lesquelles on ne croyait pas qu'il lui fût
dû aucune indemnité, « ayant été acquises depuis le travail

1. Archives Nationales, q¹ 1110 ; H. 1830.
2. Archives Nationales X¹ᵃ 8680, f° 89.
3. V. *supra*, p. 26.

commencé et y ayant eu, d'ailleurs, peu de reprise à faire en la maison d'en bas parce que l'on avait osté peu de terre au devant d'icelle, et que celle au dessus estant en mazure avoit esté entièrement démolye. Que néantmoings la ville n'avoit pas laissé d'abandonner la place estant vis-à-vis de cette mazure, etc. » Bref, le Roi fixa lui-même l'indemnité à la somme de dix mille livres, ainsi qu'il résulte d'une délibération du bureau de la ville, du 28 janvier 1689 [1], où ces faits se trouvent exposés.

Ainsi donc, c'est postérieurement à l'arrêt du Conseil du 17 avril 1685 que Le Brun se rendit acquéreur de la maison qu'il laissa en héritage à son neveu. Si nous n'avons pas la date exacte du contrat, du moins un registre des adjudications au Châtelet de Paris [2] mentionne, sommairement, le décret que Le Brun en fit faire, le 22 mai 1686 :

« Le fonds et propriété de deux grandes maisons scizes à Paris, sur les fossés d'entre les portes Saint-Marcel et Saint-Victor, saisies réellement, à la requête du sieur Lefebvre, tapissier ordinaire du Roy, sur Charles Le Brun, escuyer, premier peintre du Roy, et la dame son espouze, comme les ayant acquises des d^{lles} Catherine Verton et Jeanne Gerbes. Adjugé à Me Jacques Chastelain, procureur desdits sieur et dame Le Brun, pour en jouir suivant leur contrat d'acquisition, ci......... 27,000 livres. »

Ce n'est pas la première fois que nous rencontrons, dans le cours de cette notice, le nom des d^{lles} Verton et Gerbes [3]. Elles agissaient, croyons-nous, pour la communauté des Filles de Sainte-Geneviève.

De tout ce qui précède, il ressort clairement que le

1. Archives nationales, H. 1922, KK. 454, f° 781.
2. Archives Nationales, Y. 3419. Il y a une lacune, aux Archives, pour les décrets volontaires, de 1684 à 1696.
3. V. supra, p. 22.

grand peintre Le Brun n'a jamais habité l'hôtel qui porte encore, actuellement, son nom. En effet, nous avons vu :

Que le 1er janvier 1651, il habitait rue Neuve-Saint-Paul ;

Le 3 février 1657, rue des Fossés-Saint-Victor ;

Le 5 février 1664, grande rue du faubourg Saint-Marcel [1].

Et qu'il est mort, en 1690, à l'Hôtel des Gobelins.

La maison qu'il a habitée rue des Fossés-Saint-Victor ne peut donc être que celle qu'il a acquise, le 1er janvier 1651, et dans laquelle sa veuve est venue se retirer plus tard.

Pour nous, la lumière est faite, et ce que nous allons ajouter ne fera que la fixer.

Échue par le partage de 1694 à Mme Le Brun, cette maison était devenue, en 1737, la propriété de Mme Michelin, née Françoise Girardon [2]. Or, le contrat, du 12 mars 1737, contient une désignation de l'immeuble, parfaitement détaillée, et dont nous extrayons le passage qui suit :

« Le deuxième étage [3] appliqué à une seule chambre,

---

1. Autrement, rue Mouffetard. Le Brun demeurait-il déjà à l'hôtel des Gobelins ? C'est peu probable, car il n'en fut nommé Directeur qu'en 1667. D'un autre côté, nous voyons dans le partage de 1694, figurer au deuxième lot, une maison à porte cochère sise près les Gobelins. Mais il ne s'agit pas, assurément, de cette maison dont Le Brun ne se rendit acquéreur que le 16 février 1667, par une sentence de licitation des requêtes du Palais (Archives nationales, S. 1941²). La maison, dont on parle ici, doit être celle qui échut à sa femme lors du partage des biens de Robert Butay et Marguerite Legrain, ses père et mère, fait entre elle et ses cohéritiers, sous signatures privées, le 11 mai 1663, et reconnu par acte passé devant Rémond et François, notaires, le 13 juin de la même année (Archives nationales, S. 1931, 1941¹). Le Brun aurait donc habité la maison de la rue des Fossés-Saint-Victor, de 1651 à 1663 soit, environ, pendant une période de douze années.

2. Voir ci-dessus, page 13, V.

3. Ce second étage devait former le premier, à l'époque où Le Brun y habitait. On lit dans une requête adressée, en 1727, au bureau de la Ville, par les pères de la Doctrine chrétienne, dont l'établisse-

pièce ou salon, dans laquelle chambre est une cheminée garnie d'un chambranle de menuiserie, carrelée et plafonnée, partie droite et partie en calotte. Le tout orné dans son pourtour de plusieurs pilastres d'architecture et lambris et de plusieurs ornements en bas relief, et autres en peinture, tant sur ledit plafond que sur ledit pourtour de cheminée, *qui a été construite par défunt M. Le Brun, premier peintre du Roy,* QUI Y DEMEURAIT, *et duquel la dite maison provient.* Laquelle pièce tire son jour tant sur le jardin en terrasse que sur la rue. Plus, aux deux bouts de cette pièce ou salon, sont deux petits pavillons en saillie sur la terrasse, l'un servant de cabinet, et l'autre d'entrée à ladite pièce, etc. »

Concluons. Propriétaire des immeubles correspondant aujourd'hui, aux numéros 49, 51, 53 et 55 de la rue du Cardinal-Lemoine, le grand artiste Charles Le Brun a habité au n° 51.

Quant à l'hôtel situé au n° 49, son neveu l'a fait édifier, comme on l'a dit et comme l'atteste, encore, une inscription, « pour honorer sa mémoire » ; tandis que, non loin de là, à l'église Saint-Nicolas du Chardonnet où il était inhumé, sa veuve, mue par les mêmes pieux sentiments, lui faisait élever un magnifique mausolée orné de figures allégoriques et surmonté du buste du célèbre peintre, dû au ciseau de Coyzevox.

ment se trouvait plus haut, à côté du Collège des Écossais, que le sol de la rue fut abaissé d'environ *quinze pieds*, au droit de leur immeuble (Archives nationales, Q¹ 1361).

Les recherches auxquelles il a fallu nous livrer, pour arriver à connaître où était, exactement, la demeure de Le Brun, nous ont fait passer dans les mains un certain nombre de documents curieux pour l'origine la plus reculée du sol de cette maison et de celles qui l'avoisinent. L'analyse de ces pièces semble trouver, naturellement, place dans cette notice, dont elle forme, en quelque sorte, le complément.

Vers le milieu du dix-septième siècle, l'abbé et les religieux de Saint-Victor eurent une contestation avec ceux de Sainte-Geneviève, au sujet des limites des seigneuries limitrophes de ces deux abbayes [1]. En vertu d'un arrêt du 16 janvier 1644, Guillaume Migon, arpenteur royal, et Anthoine Marbays, arpenteur expert, ancien grand arpenteur général de France, furent désignés par les parties pour dresser le plan des limites qui faisaient l'objet du litige [2].

Or, ce plan nous enseigne que l'espace limité par le fossé, depuis la grande rue du faubourg Saint-Victor jusqu'à la maison d'un sieur du Boschet, un peu au dessus de la rue des Boulangers, et par ladite rue des Boulangers anciennement rue Neuve-Saint-Victor, avec toutes les maisons et jardins *des deux côtés*, faisait partie d'une terre qu'on appelait, au douzième siècle, la terre d'Anthelme, du nom de celui à qui elle appartenait [3].

Les lettres de fondation de l'abbaye de Saint-Victor de l'an 1125, par lesquelles le roi Louis VI concède aux religieux les annates de onze prébendes dans plusieurs

---

1. Archives Nationales, S. 1536, 2134.
2. Archives Nationales Nª (Seine) nº 33.
3. Ce nom est parfois orthographié *Anselme* et même *Ancelin* de Groslay, *Anselmus, Ancelinus* de Grooleto, Archives Nationales L. 888ᴬ; Ll. 175; K. 177.

églises y dénommées, font déjà mention de cette terre et en marquent bien l'emplacement « ... Dedimus etiam » eis viam que nostra erat, et mutata est, juxta eccle-» siam Beati Victoris sitam, inter cardonetum et terram » Antelmi [1] ».

Antelme fit don de son héritage aux moines de l'abbaye de Tyron [2]. Comme il était dans le fief du Roi, Louis VII fit remise à cette abbaye, par une charte de l'an 1138, des redevances de toute espèce qu'il pouvait exiger en qualité de seigneur foncier et saint Louis confirma cet abandon par deux autres lettres, l'une du mois de juin 1231, et l'autre du mois de septembre 1262 «... nos eisdem mo-nachis (Tyronensibus) liberam ab omni consuetudine, jure perpetuo obtinendam concedimus, ita quod nichil nobis aut successoribus nostris in ea retinemus [3] ».

La terre d'Antelme, devenue le clos de Tyron, s'éten-dait jusque dans l'intérieur de la ville ; mais, tandis que la partie située hors de l'enceinte des murs restait, long-temps, plantée en vignes, l'autre ne l'était, déjà plus, dès l'an 1214, époque où l'abbaye de Tyron associa le cha-pitre de Notre-Dame de Paris à la seigneurie foncière qu'elle possédait sur cette terre. Déjà, par un acte anté-rieur, qui ne s'est pas retrouvé, elle en avait abandonné *la propriété* u Chapitre, moyennant douze deniers pa-risis de ch .ens, par arpent, et, aussi, sous certaines conditions qui ont donné naissance à la transaction de l'an 1214 [4].

1. Tardif, monuments historiques, carton des Rois ; Archives Na-tionales L. 888 ᴬ. Il y a une légère variante entre les deux textes : d'un côté, on lit « *la terre d'Antelme* » et de l'autre « *les prés d'An-selme* ». (prata Anselmi).

2. Département d'Eure-et-Loir, arrondissement de Nogent-le-Ro-trou, diocèse de Chartres.

3. Bibliothèque Nationale, manuscrits latins, n° 10107 ; Archives Nationales, LL. 175, f° 576 ; K. 177.

4. Archives Nationales, LL. 177 f° 330.

En effet, le Chapitre ayant résolu de mettre en valeur la partie du clos située dans l'enceinte des fortifications, et d'y faire bâtir des maisons, il fut convenu que le cens de douze deniers, par arpent, continuerait d'être payé à l'abbaye, mais que tout le surcens appartiendrait au Chapitre avec moitié des amendes, lods et ventes et des droits de justice. Là est l'origine d'un fief que le Chapitre possédait, à Paris, sous le nom de fief de Tyron. Toutefois, et contrairement à l'accord de 1214, ce n'était pas seulement des surcens que ce fief lui rapportait, mais des cens, droits de justice, lods et ventes en entier, sans aucune mention de partage ou de co-seigneurie avec l'abbaye de Tyron. Il faut donc supposer un acte postérieur qui a dû transporter au chapitre tous les droits de cette abbaye.

Le premier jour de novembre 1246 [1] le Chapitre de Notre-Dame vendit aux religieux de Clairvaux « estudians », pour vingt-cinq livres parisis de rente annuelle et perpétuelle, payable dans leur cloître, deux pièces de vignes dont l'une, « de six arpents moins huit carreaux [2] » situés près des murailles et de la Porte de Paris par où » l'on allait à Saint-Victor » n'était autre que le clos de Tyron. Ces vignes étaient vendues franches et quittes de servitude personnelle et domaniale, à la réserve du cens qui était, encore à cette époque, dû aux moines de Tyron « hoc excepto quod si vinee ille censum debent monachis » de Tiron, nos tamen illum censum solvemus illis de » Tiron ».

Cependant, l'abbaye de Saint-Victor s'émut, en apprenant que les religieux de Clairvaux allaient former un établissement si voisin d'elle. Elle chercha à les en em-

---

1. Guérard, Cartulaire de Notre-Dame, t. II, p. 461.
2. « Est assavoir, dit Ducange, que 21 pieds en quarreau font un karreau et 500 karreaus font un quartier. Les 100 quarreaux font l'arpent. »

pêcher et n'hésita pas à leur proposer, en échange de ces vignes, cinq arpents de terre qu'elle possédait, à l'intérieur de Paris, dans le lieu appelé Chardonnet. L'offre fut accueillie avec empressement, et le contrat passé dans le même mois de novembre 1246, sous le scel de l'officialité de Paris [1].

En conséquence, les religieux de Clairvaux cédèrent à l'abbaye de Saint-Victor les six arpents moins huit carreaux de vignes qu'ils avaient reçus du Chapitre de Notre-Dame. En même temps, ils s'engageaient à acquitter, pour elle, les vingt-cinq livres de rente annuelle dues au Chapitre, ainsi que tous les autres droits, sauf la dîme, et promettaient, enfin, de ne bâtir ni faire aucune acquisition d'immeubles, dans l'étendue de la censive de Saint-Victor, excepté dans le territoire du Chardonnet.

De son côté, l'abbaye leur abandonnait, dans ce territoire du Chardonnet, francs de tout cens et droit de justice, cinq arpents de terre, en une pièce, pour y bâtir et faire ce que bon leur semblerait [2]. Elle leur donnait, de plus, l'autorisation d'acquérir une terre appartenant à Mᵉ Pierre de Lamballe [3], et un autre arpent de terre séparant ces deux héritages, s'ils pouvaient s'en rendre acquéreurs à un prix raisonnable, sinon trois autres arpents dans quelque autre endroit du Chardonnet, excepté dans la rue qui allait du pont de Saint-Nicolas à la porte de Saint-Victor.

Les biens abandonnés aux religieux de Clairvaux furent affectés à la garantie du paiement des vingt-cinq livres de rente dues au chapitre de Paris, par le titre du 1ᵉʳ novembre 1246, et qui demeuraient, exclusivement, à

---

1. Archives Nationales, K. 973; S. 3669.
2. C'est sur cet emplacement que s'éleva le collège des Bernardins.
3. Emplacement de l'ancien collège du Cardinal Lemoine; voir Félibien, t. III, p. 163.

leur charge. Cette hypothèque fut même l'origine de nombreux procès entre le chapitre et les Bernardins, notamment en 1427, 1517 et 1658[1]. Les chanoines de Notre-Dame prétendaient que ces vingt-cinq livres étaient une rente foncière et seigneuriale, sur le fonds même du collège. Les Bernardins soutenaient, au contraire, que l'hypothèque dont le collège était grevé n'avait nullement ce caractère; que, de plus, c'était aux religieux de Clairvaux à payer cette rente; en premier lieu, parce que les deux titres de 1246 montraient que c'était l'intention des contractants; en second lieu, parce qu'en vendant le collège et ses appartenances, le 14 septembre 1320, les religieux de Clairvaux l'avaient vendu franc et quitte de toutes charges autres que celles exprimées dans le contrat, et qu'il n'y est point fait mention de la rente due au Chapitre.

Quant à l'abbaye de Saint-Victor, elle resta en possession du clos de Tyron jusqu'au commencement du seizième siècle. On le nommait, généralement, alors, *Clos de Saint-Victor*, du nom d'un autre clos plus considérable qui lui était attenant et dont il semblait faire partie, mais qui avait une origine différente. L'abbaye fit, d'abord, ouvrir une voie de communication entre la grande rue du faubourg et les fossés de la ville; on l'appela rue Neufve-Saint-Victor, puis rue des Boulangers[2]. Les vignes furent arrachées; et l'emplacement, divisé par lots, fut aliéné à de nombreux particuliers[3]. Des maisons s'élevèrent, rapidement, sur lesquelles l'abbaye percevait des cens et

1. Archives Nationales, S. 3669.
2. Archives Nationales N° Seine n° 33. Plan de Guillaume Migon et Anthoine Marbays. On lit dans la légende : « *Dans le milieu duquel* » *clos* et vignes est bastie la rue des Boulangers, autrement rue » Neufve-Saint-Victor, et toutes les maisons et jardins *des deux* » *costés.* »
3. Archives Nationales, S. 2162, H. 3647.

rentes, ainsi que le constatent plusieurs déclarations pas-
sées au terrier du Roi, et particulièrement, celle de 1536
dont la teneur suit [1] :

« C'est la déclaration des cens, rentes, justice, héré-
» taiges et possessions que mectent et baillent en escript
» par devers vous messieurs les commissaires establiz à
» faire le papier terrier pour le Roy nostre sire, en la
» ville, prévosté et viconté de Paris, les religieulx, abbé
» et couvent de l'église et abbaye monsieur Sainct-Vic-
» tor-lez-Paris ; lesquelles possessions cy-après déclai-
» rées appartiennent à ladicte abbaye par fondation
» royalle à eulx faicte par feu de bonne mémoire Loys
» le Gros, jadiz Roy de France, et depuis augmentée et
» conservée par ses successeurs Roys de France, et
» aultres.

» Et premièrement, ont les dictz religieulx, etc........
» *Item*, ont esd. faulxbourg, ou lieu dit la Rue Neufve,
» anciennement appellé le Cloz Sainct-Victor qui sou-
» loit estre en vigne, tenant d'une part aux fossez de
» lad. ville, et d'autre part à deux arpens assiz devant la
» Tournelle...... Lequel cloz, *en partie*, a esté baillé
» auxd. de Sainct-Victor, par les Bernardins, en récom-
» pense d'aultres terres où sont de présent édifiiéz Les
» Bernardins, et l'autre partie est du fief du Cardonnet ;
» et, *depuis peu de temps en ça, a esté baillé, par lesd.*
» *de Sainct-Victor, à plusieurs personnes, à la charge de*
» *y édiffier maisons* Ou quel lieu lesd. religieulx ont
» retenu deux maisons en propriété, et le demourant
» baillé à cens et rente, qui leur peult valoir, par chacun
» an, trente-deux livres parisis [2] ».

1. Archives Nationales, S. 2069.
2. L'ouverture de la rue des Boulangers ne remonte donc pas au
quatorzième siècle, comme on le dit dans plusieurs ouvrages et dic-
tionnaires des rues de Paris. Et c'est à tort que cette rue se trouve
marquée sur certains plans de restitution, tels que celui de M. Henri
Legrand « Paris, en 1380 » où l'on voit le clos de Tyron entièrement

Il nous aurait paru désirable de rattacher l'origine des maisons de Le Brun aux aliénations consenties par l'abbaye de Saint-Victor, au commencement du seizième siècle. Mais, pour opérer ce lien, il faudrait avoir à sa disposition les archives du notariat qui, seules, permettraient de remonter, avec quelque précision, jusqu'au premier acquéreur. Or, dans l'état actuel des choses, ce travail est impossible ; nous l'avons tenté vainement, et nous ne pouvons que souhaiter de voir se réaliser, un jour, le vœu que M. Henri Bordier exprimait ainsi, il y a vingt-deux ans, dans son ouvrage *Les Archives de la France* :

« Aujourd'hui, à Paris, où les archives des notaires ne
» remontent guère qu'au seizième siècle, elles sont si
» considérables et le loyer des maisons si cher, que les
» locaux les plus insalubres, les greniers et parfois même
» les caves, reçoivent la partie la moins usuelle, c'est-à-
» dire la plus ancienne de ces documents. On a, cepen-
» dant, trouvé et appliqué dès le dix-septième siècle, un
» moyen très simple de remédier à cet inconvénient.
» Dans un grand nombre de villes, les Chambres des no-
» taires ont établi un dépôt spécial destiné à recevoir les
» minutes des notaires décédés ; quelques villes impor-
» tantes, comme Bordeaux et Rouen, ont conservé jus-
» qu'à nos jours ces utiles établissements. L'un des
» membres de la commission des archives départemen-
» tales et communales, M. Taillandier, conseiller à la
» cour de cassation, avait proposé de s'emparer de cette
» disposition très heureuse, mais jusqu'ici exceptionnelle

couvert de maisons ; et le plan de « *Paris sous Philippe-Auguste* »,
(*1180-1223*), annexé à l'ouvrage de Dulaure, qui fixe les limites de
ce même clos à la rue des Boulangers, la grande rue du faubourg
et aux fossés de la Ville.

» pour la convertir en prescription générale ; mais cette
» proposition n'a pas eu d'effet jusqu'à présent, *et si elle*
» *n'en doit point avoir, une partie des Archives natio-*
» *nales du pays sera prochainement et irrévocablement*
» *perdue.* »

Ce cri d'alarme n'a pas été entendu. On objecte *le
secret des familles* pour des papiers qui remontent à plus
d'un siècle ; car ceux-là seulement pourraient être l'objet
de la mesure réclamée. Qui empêcherait, d'ailleurs, de
prendre des précautions, de soumettre à une autorisation
préalable et à toute justification ceux qui demanderaient
communication d'un document. En un mot, il y a là une
question à étudier, une réforme à opérer, dans l'intérêt
des archives, dans l'intérêt de l'histoire. Fera-t-on quelque
chose ?

PIÈCES ANNEXES

EXTRAIT

DU

PLAN DÉTAILLÉ DES MAISONS

DES RUES SAINT-VICTOR, FOSSÉS-SAINT-VICTOR
ET DES BOULANGERS

1770-1774

RENVOI

RUE DES FOSSÉS-SAINT-VICTOR.

N°	NOMS DES PROPRIÉTAIRES ET DES LOCATAIRES.	TOISES, PIEDS.
1	Hle Ramet de Clairville . . . . . . Le sieur Pedot, maître cordonnier .	21
2	Idem . . . . Idem	21
3	M. Le Lièvre, maître de danse . . . occupée par lui	545 18
4	Idem . . . . M. Bicepe, maître mesure	47
5	. . . .	245
6	M. Boulen***, conseiller au Parl. occupée par lui	50
7	lettres	50
8	. . . .	16
9	M. de Chaumont . . . . Buard de Quincy	144

RUE DES BOULANGERS.

. . . . Mme de Bloy, maîtresse de pension .	16 18
M. Croyne de Beaufort, Président, M. La Hogry	35
M. Beaufort, ancien officier de marine .	55

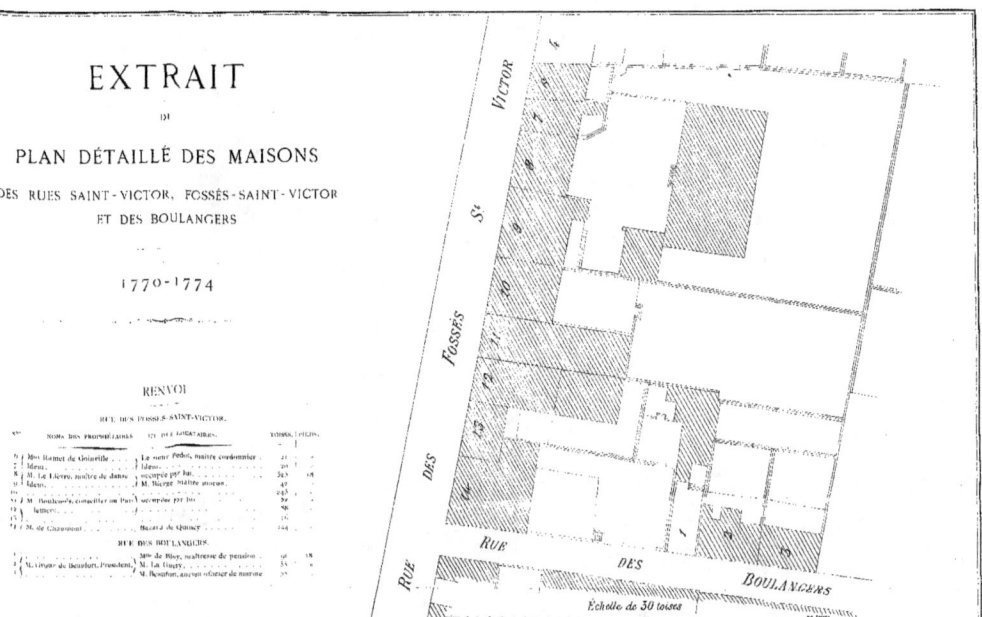

Échelle de 30 toises

EXTRAIT DE L'ACTE DE PARTAGE DES BIENS DÉPENDANT
DE LA SUCCESSION DE CHARLES LE BRUN, PASSÉ DEVANT
M^{cs} CAILLET ET THIBERT, NOTAIRES A PARIS, LE DERNIER
MARS 1694.

Furent présens Dame Suzanne Butay, veuve de Charles Le
Brun, écuyer, premier peintre du Roy, tant en son nom, à
cause de la communauté de biens qui a esté entre ledit sieur
son époux et elle, que comme sa donatrice mutuelle, demeurante à Paris, rue des Fossés-Saint-Victor, paroisse Saint-
Nicolas-du-Chardonnet, d'une part.

Et M. Charles Le Brun, conseiller du Roy, auditeur ordinaire en sa Chambre des Comptes, légataire universel dudit
feu sieur Le Brun, son oncle, par son testament receu par
Torinon et son confrère, notaires, le sept février mil six cent
quatre-vingt-dix, et encore comme tuteur naturel de ses enfants, aussi légataires universels dudit feu sieur Le Brun, suivant la stipulation portée par ledit testament; et, en conséquence du pouvoir donné audit sieur Le Brun, auditeur, par
ledit feu sieur son oncle, par le même testament, pour procéder au partage et convenir des autres choses qu'il y auroit à
régler avec ladite dame Suzanne Butay, duquel testament
l'exécution a esté consentie et ordonnée, ainsi qu'il paroist,
par sentence des requestes du Palais, du dix-neuf janvier mil
six cent quatre-vingt-onze. Ledit sieur Le Brun, demeurant à
Paris, susdite rue des Fossés-Saint-Victor, paroisse de Saint-
Nicolas-du-Chardonnet, d'autre part.

. . . .

. . . .

Premier lot des maisons.

La maison occupée par ladite dame Le Brun,
scize susdite rue des Fossés-Saint-Victor, estimée
onze mille livres.............................. .... 11,000 liv.

La maison, à deux boutiques, scize dans la même

A reporter ..... 11,000 liv.

	Report.	11,000 liv.

rue, au-dessus de la précédente, estimée la somme
de dix mille livres.............. 10,000

    Un jeu de paulme derrière ladite maison précé-
dente, estimé deux mille livres................. 2,000

    La place encommencée à bastir, scize dans la
même rue, au-dessus des précédentes, et faisant
l'encoignure de la rue des Boulangers, estimée
sept mille livres 7,000

    Une maison scize derrière les précédentes et
ayant son entrée par ladite rue des Boulangers,
estimée trois mille livres...................... 3,000

    Une mazure dans ladite rue des Boulangers, es-
timée mille livres............................ 1,000

    Une place et chantier sciz dans la rue des Fos-
sés-Saint-Victor, estimés deux mille livres....... 2,000

    Et une autre maison, rue des Deux-Portes, der-
rière Saint-Sauveur, estimée dix-neuf mille livres. 19,000

Total de cedit premier lot, cinquante-cinq mille
livres.................................... 55,000 liv.

Deuxième et dernier lot des maisons.

    Une petite maison, scize rue des Fossés-Saint-Victor, au-
dessous de celle où loge ladite dame Le Brun, estimée huit
mille cinq cents livres.......... ...... 8,500 liv.

    Une maison à porte cochère, scize dans ladite
rue, au-dessous de la précédente, estimée dix-sept
mille cinq cents livres...................... 17,500

    Une autre maison à porte cochère, scize près
les Gobelins [1], estimée dix-sept mille livres...... 17,000

    Et une autre maison, aussi à porte cochère, à
la place Maubert [2], estimée douze mille livres..... 12,000

Total de ce deuxième lot, cinquante-cinq mille
livres.................................... 55,000 liv.

---

    1. Cette maison portait comme enseigne « *Le grand Louis* » et, au-
paravant, *le Lyon d'or* »; elle n'était séparée des Gobelins que par
un seul immeuble (Archives Nationales, S. 1931).
    2. Cette maison, située près de la rue de la Bucherie, avait pour
enseigne « *Le mont Saint-Michel* » (Archives Nationales, Y. 2829).

. . . .

Desquels lots les parties se sont respectivement contentées, et les ayant jetés au sort en la manière accoutumée. . . le premier lot est échu à ladite dame Le Brun, et le second lot audit sieur Le Brun. Pour jouir et disposer par ladite dame Le Brun, des biens compris au lot à elle échu, comme elle advisera; et de ceux échus audit sieur Le Brun, par ledit second lot, ladite dame en jouira pendant sa vie, en vertu de son don mutuel, et ledit sieur Le Brun en jouira du jour du décès de ladite dame, conformément audit testament.

. . . .

Fait et passé à Paris, etc.

L'an mil six cent quatre-vingt-quatorze, le trente-unième et dernier jour de mars, après midi.

Et ont signé : Suzanne Butay; Le Brun; M.-L. Quinault; Thibert; Caillet.

*Fac - simile de la signature de Le Brun
et de celle de sa femme :*

Au bas du contrat d'acquisition du 19 janvier 1651 :

Au bas du contrat d'acquisition du 3 février 1657 :

Au bas du contrat d'acquisition du 5 février 1664 :

Au bas de son testament du 7 février 1690 :

VERSAILLES, IMPRIMERIE CERF ET FILS, RUE DUPLESSIS, 59.

www.ingramcontent.com/pod-product-compliance
Lightning Source LLC
Chambersburg PA
CBHW061707180626
46818CB00003B/1303